LES PETITS LIVRES DE M. LE CURÉ,

Bibliothèque du Presbytère, de la Famille et des Écoles

LA

BUCHE DE NOEL,

OU

LE RETOUR A LA CHARRUE.

Aubert et Cie, place de la Bourse.

... centimes.

LES PETITS LIVRES DE M. LE CURÉ,

BIBLIOTHÈQUE
du Presbytère, de la Famille et des Écoles,

LA

BUCHE DE NOEL

OU

LE RETOUR A LA CHARRUE,

CONTE,

PAR M. L'ABBÉ DE SAVIGNY.

Illustré de vignettes sur bois.

PARIS,

CHEZ AUBERT ET Cie, ÉDITEURS

PLACE DE LA BOURSE.

1842

IMPRIMÉ PAR BÉTHUNE ET PLON, A PARIS.

LA BUCHE DE NOEL

ou

LE RETOUR A LA CHARRUE.

Dans cette partie de la France qui était autrefois province de la Brie, la simplicité des mœurs s'est transmise de génération en génération ; et on retrouve encore, dans un grand nombre de villages, les coutumes que l'esprit religieux de nos ancêtres a consacrées. Ainsi, chaque année à la veillée de Noël, il est d'usage de placer dans le principal foyer de la maison une bûche énorme que les garçons de la famille ont transportée sur leurs bras, des sarments secs sont mis en avant ; à la sortie de l'église, après l'office de minuit, toute la famille se range en cercle autour de la cheminée parée de feuillages, et le chef de la famille, après avoir fait le signe de la croix en commémoration dela naissance du Christ, dont ce jour est l'anniversaire, met le feu au bois, et quand la flamme pétille il se tourne vers les siens réunis et dit à haute voix : *Fasse Dieu qu'à la nouvelle Noël j'allume encore le feu* arracher tel arbre que bon vous semblera pour votre bûche de Noël, mais je me ravise et j'y mets une condition.

— Laquelle, monsieur le comte ?

— C'est que mes deux enfants Charles et Julien feront réveillon avec votre famille.

— J'allais vous le demander, monsieur le comte.

Quelques moments après cette conversation Jean Rivoire revenait à la ferme avec les deux fils du comte de Beaurepaire joyeux de passer la veille de Noël dans une famille que tout le pays honorait.

Michel et Robert, les deux fils aînés de Jean Rivoire, instruits de la démarche que leur père avait faite et ne doutant pas du résultat, avaient apprêté d'avance les outils nécessaires à l'abattage du vieil arbre.

Bientôt la bûche de Noël avait été taillée dans un tronc d'orme, et les rameaux avaient tapissé les murs de la salle principale de la ferme.

Jean Rivoire secondait ses fils ; mais de temps en temps il faisait une halte, et ses yeux se portaient dans la direction du chemin communal qui s'embranche, à une lieue de la ferme, avec la grande route de Paris.

— Soyez tranquille, père, notre frère Jacques ne manquera pas la Noël. Paris n'est qu'à quinze lieues de la ferme, il arrivera sans doute par la voiture de nuit.

Et Jean Rivoire se remettait à l'ouvrage.

Cependant, la nuit étant close, les préparatifs de la fête de famille s'étaient faits. Les premiers tintements de la cloche qui appelait les fidèles à la prière, avaient amené la famille Jean Rivoire à la modeste église du hameau. Après la

messe de minuit, Jean Rivoire, Robert et Michel

ses fils et Catherine sa fille rivalisaient de prévenances près des fils de M. de Beaurepaire, qui avaient assisté avec la famille du laboureur aux offices et aux préparatifs du réveillon.

Jean Rivoire était absorbé par une triste pensée... La nuit avançait, et déjà, dans toutes les chaumières voisines, le feu de Noël brûlait et les cris de joie arrivaient jusqu'à la ferme.

Enfin Jean Rivoire semble un moment vaincre sa tristesse.

—Catherine, dit-il à sa fille, donne la lampe, que je mette le feu à la bûche.

Et Catherine, qui espérait encore l'arrivée de Jacques ne se hâtait pas. Et on lisait dans le regard de Jean Rivoire, qu'il comprenait la pensée de sa fille et qu'il lui pardonnait sa lenteur à obéir...

— Attendons encore un moment, monsieur Rivoire, dit l'aîné des enfants du comte de Beaurepaire.

—Je veux bien, dit le cultivateur... mais Jacques ne viendra pas... Le ciel me punit par où j'ai péché... Un jour aussi, il y a bien long-temps de cela, on dit à mon vieux père : Jean arrivera à la bûche de Noël... Et le vieux père et la famille attendirent vainement... Jean oubliait, à Paris, ses devoirs et son village.

—Vous avez habité Paris, monsieur Rivoire? dit le plus jeune des fils du comte.

— Oui, mes jeunes amis! oui, mes enfants! j'ai habité Paris. Je n'ai pas toujours été Jean Rivoire heureux de la médiocrité et du calme que donne la vie de laboureur. Comme il peut y avoir dans le tableau de quelques années de ma vie une leçon utile pour vous, Robert et Michel, je vais en faire le récit, cela donnera le temps à Catherine de préparer ce qu'il faut pour mettre le feu à la bûche.

Le fermier prit place dans un grand fauteuil recouvert de cuir jadis vernis, vieux meuble dont la forme et les ornements attestaient un passage dans un domicile plus somptueux. Les enfants du comte et ceux du cultivateur se groupèrent autour de lui.

Et Jean Rivoire dit en s'adressant aux fils de M. de Beaurepaire :

— Quelques années avant la révolution de 1789 mon père était fermier de votre grand-père le comte de Beaurepaire. Le commencement de ma vie appartint aux petits travaux des champs auxquels l'enfance est applicable. J'avais soin des troupeaux de la ferme, je faisais la cueillette des feuilles pour les bestiaux aux époques où le fourrage était rare; mon père prenait plaisir à me montrer la charrue, et me disait que

tous mes vœux devaient tendre à savoir trace
un sillon, à jeter la semence sur la terre, et
à promener la herse et le rouleau. Ces travaux
eussent peut-être suffi à mes idées d'ambition,
si, à cette époque, une circonstance fortuite ne
m'avait montré un monde qui m'était jusqu'alors demeuré inconnu.

Un jour j'étais allé avec mon père au marché de Lagny, renommé par son commerce de
céréales. Mon père, avait rencontré le matin sur
la rive de la Marne, un de nos cousins, patron
d'un bateau qui descendait vers Paris, où il devait amarrer quelques jours. Le parent de mon
père lui proposa le voyage, mon père ne put
accepter; ses affaires rendaient sa présence

nécessaire à la ferme : mais remarquant le désir que je manifestais de voir la capitale, il me confia au maître de la barque ; et le lendemain nous étions au terme d'un voyage qui faisait toute ma joie. J'avais alors 17 ans.

Le séjour du cousin à Paris se prolongea plus long-temps qu'il ne l'avait pensé. Il y avait déjà huit jours que j'étais absent du toit paternel, et il s'était opéré bien du changement dans mes idées. Alors mon village, qui avant ce voyage était une immensité pour moi, me parut borné. Le bruit, le mouvement de la grande ville semblaient passer dans mon âme ; le luxe, les équipages, les riches toilettes me faisaient rêver, et, ne devinant pas tout ce qu'il pouvait y avoir d'amer dans la possession de ces richesses, je les regardais avec des yeux d'envie. Et puis, un jour, je me demandai si je ne pouvais pas être admis au partage de ces biens-là, et pourquoi je n'aurais pas l'espoir de les gagner comme tant d'autres faisaient journellement.

Oh ! alors, le village me paraissait un exil où la Providence envoyait une race d'hommes déshérités de toutes les joies de la terre.

Mon parent me conduisit un jour chez un autre cousin employé dans les gabelles. Le membre de la famille avait quitté le pays depuis quelques années, et il était parvenu à se créer une position par sa persévérance. Dès ce moment mon plan d'avenir fut arrêté. Je me promis d'imiter mon cousin de la gabelle et de suivre la même route que lui.

Le lendemain j'écrivis à mon père. Je lui demandais la permission de vivre à Paris et de gagner mon existence au prix de tous les sacrifices. J'attendis sa réponse avec bien de l'impatience. Enfin une lettre m'arriva, elle contenait ces mots :

« Mon fils,

» Je n'approuve ni ne blâme votre projet de » rester à Paris. Le bon pasteur de notre village, » que j'ai consulté, dit qu'on ne peut connaître » les voies que le Seigneur choisit pour nous » conduire. Plaise au ciel que cette inspiration » vous mène a bien ! Autrement, si vous vous » repentez de votre détermination, venez repren- » dre vos travaux près de moi. Pensez quelque- » fois à nous, et songez que nous vous attendons » chaque année à la bûche de Noël.

» Je vous embrasse, et M. le curé vous donne » sa bénédiction.

» Votre père, SIMON RIVOIRE. »

A cette lettre était jointe une lettre pour mon cousin, dans laquelle mon père lui disait de me remettre soixante écus.

Je baisai la lettre de mon père avec transport ; j'avais pour ses volontés une telle soumission , que, s'il eût blâmé ouvertement mon projet, je serais retourné au village. Mon affection pour lui redoubla , et, s'unissant à mon désir de parvenir, elle me donna le courage dont j'allais bientôt avoir besoin.

Les premiers jours que je passai à Paris furent remplis par mes rêves d'ambition, mon petit trésor me permettant de satisfaire des besoins de luxe que jusqu'alors je n'avais pas ressentis.

Ma première pensée d'orgueil fut d'échanger mon costume villageois contre des vêtements plus convenables à mes projets.

La moitié de ma petite fortune se dissipa dans ces dépenses.

Puis il se présenta à moi des hommes qui m'offrirent leur protection ; ils se vantaient d'avoir des relations dans toutes les administrations du royaume. Ils me promirent des emplois lucratifs, ils flattèrent ma vanité et exigèrent d'avance la récompense de services qu'ils ne me rendirent pas. Cela fit encore brèche à mes épargnes ; et des amis qui se chargèrent de me servir de guides dans ce monde inconnu, levèrent sur ma bourse d'autres contributions qui l'épuisèrent complétement.

Les soins, les prévenances que j'avais trouvés chez mes hôteliers quand je soldais régulière-ment leur compte, disparut quand la gêne se fit sentir. Les jeunes gens avec lesquels j'avais formé des relations d'amitié, s'éloignèrent de peur sans doute que je ne parlasse de restitution.

J'éprouvai un moment de terreur quand je me vis à la veille de manquer du nécessaire au milieu d'une ville où tant de gens avaient le su-perflu. Plusieurs fois déjà j'avais enduré la souffrance de la faim ; l'orgueil était encore ma sauvegarde contre les tentations que j'éprouvais de me défaire d'une partie de mes vêtements. Paris est une ville où, avant tout, pour parvenir, il faut paraître n'avoir besoin de rien et de per-sonne ; et je n'aurais jamais osé solliciter un em-ploi si, en passant dans la glace l'inspection de ma personne, j'avais trouvé quelque partie défectueuse à mon costume. Mais quand, le matin, je me regardais avec satisfaction et que je me trouvais un certain petit air de gentil-homme et de solliciteur aisé, peu m'importait alors que mon corps endurât le martyre et la privation d'aliments : la souffrance était plus facile à cacher que n'eût été la vétusté d'un habit ou la dégradation d'un chapeau,

Cependant un moment arriva où je ne savais plus comment satisfaire aux premiers besoins de la vie. Alors je relus la lettre de mon père, je pensai au village ; mais une fausse honte me retenait à la ville : plusieurs années s'étaient déjà écoulées, et, à chaque mois de décembre, j'avais laissé passer la solennité de Noël sans revenir au pays.

Si quelque campagnard de la Brie venait à Paris, et qu'il me fît visite, ou qu'il me rencontrât, il me disait : « Jean, ton père t'a attendu à la Noël, et la bûche a brûlé sans toi. »

D'autres me disaient : « Simon Rivoire commence à se casser ; avant peu il ira rejoindre sa compagne, que Dieu a rappelée à lui. Jean, il faudrait faire un petit voyage au pays ; ça donnerait du courage au vieux père, ça prolongerait peut-être sa vie de quelques années. »

Et je répondais : « A la prochaine Noël, j'irai au village. »

Et toujours le voyage était différé ; j'accueillais avec facilité les excuses les plus frivoles pour me dispenser de ce devoir.

Mais quand les ressources vinrent à manquer tout à fait, quand je me trouvai seul, sans appui et sans amis au milieu de cette population immense, dans laquelle sans doute j'aurais trouvé quelque bon cœur si je n'avais été embarrassé sur la manière de le découvrir, il me sembla alors qu'il y aurait lâcheté à aller manger le pain de la famille, au gain duquel je n'avais pas contribué depuis quelques années, et mon amour-propre eût été froissé de ne pas avoir à jeter aux oreilles de nos compagnons d'enfance le titre d'une place que j'occupais et le chiffre des émoluments qui faisaient ma petite fortune.

Le retour au village fut donc encore ajourné.

Depuis long-temps j'avais négligé les relations de famille avec mon cousin le commis aux gabelles. C'était un homme qui au premier abord m'avait paru d'une sécheresse de cœur peu commune ; je le croyais aussi enclin à l'avarice, car il y avait eu en lui beaucoup d'hésitation quand mon père l'avait chargé, à mon arrivée à Paris, de me remettre soixante écus.

Mais la réflexion modifia mon opinion sur le cousin.

Peut-être, me dis-je, ce que j'ai pris en lui pour sécheresse de cœur est-il une nature peu

expansive, mais qui se développe honorablement quand les relations sont devenues plus
familières. Ce que je nomme avarice pourrait
bien être un amour excessif de l'ordre, sans
lequel il n'est pas possible de vivre dans les
conditions secondaires de la société. Enfin je
me reprochai d'avoir tant tardé à me lier avec
mon cousin.

Je pris le parti d'aller lui conter franche-
ment ma position.

M. Colombat, ainsi se nommait mon parent,
me reçut avec une cordialité à laquelle notre
première entrevue ne m'avait pas habitué.
« Eh! mon cher ami, que ne me disiez-vous
que je pouvais vous être utile! Quand vous
êtes arrivé dans notre ville, je croyais que vous
aviez des projets de domicile et d'existence
arrêtés d'avance. Moi, je suis garçon et éco-
nome; mais quand il y a pour un, il y a pour
deux. Mon cousin Jean, à partir de ce soir
vous occuperez une chambre que j'ai à un étage
supérieur. Je ne dîne pas souvent chez moi;
mais enfin nous ferons vie commune, et vous
serez content. »

L'expression de franchise et d'abandon de
mon cousin me plut; je fus tout à fait réconcilié

avec lui, et le lendemain j'étais son pension-
naire.

Au premier aspect, la chambre que mon
cousin m'avait dit être située à un étage supérieur me parut peu conforme aux goûts de
luxe qui commençaient à se développer en moi ;
c'était une mansarde au septième étage, dans
laquelle les souris et les rats du voisinage semblaient s'être donné un rendez-vous général :
mais je pris mon mal en patience.

Le lendemain du jour de mon installation je
descendis de bonne heure chez mon cousin, et
je le trouvai le balai à la main.

« Mon cher cousin, vous voyez, dit il, l'existence d'employé : à six heures je fais le mé-
nage ; si vous voulez recevoir votre première
leçon, mettez-vous à ma place. »

Je pris sans réflexion le balai des mains de
mon cousin, et je l'imitai avec gaieté.

Quand la chambre de M. Colombat fut ap-
propriée, sous prétexte de me faire faire l'apprentissage de l'entretien des meubles il me
montra à cirer à tour de bras sa couchette et sa
commode jusqu'à ce que j'eusse rendu le
noyer poli comme un miroir.

Vers l'heure à laquelle il fallait que mon
cousin se rendît au bureau il partagea avec

moi une modeste flûte de pain, et me dit :
« Jean, je ne dîne pas ici ; mais, si vous avez
besoin, ne vous gênez pas, il y a encore dans
l'armoire une flûte pareille à celle que nous
avons partagée, vous pourrez en prendre la
moitié. »

A peine mon cousin fut-il parti que je dévo-
rai tout entière la flûte destinée à mon repas du
soir.

Le lendemain, mon cousin Colombat avait
une courbature ; il me pria de faire seul le
balayage de la chambre et le nettoiement du
mobilier.

Pendant cinq jours le cousin continua de
déjeuner comme d'habitude, et il ne dîna pas
chez lui.

Sa courbature semblait être rebelle, et chaque jour j'étais le factotum.

Un samedi soir M. Colombat rentra de bonne
heure pour dîner, et il apporta du restaurant
voisin une tranche de bœuf qu'il assaisonna
à la mode du pays, disait-il, puis il m'invita à
en prendre ma part ; il me versa un grand verre
d'eau, et s'écria en se frottant les mains :
« Maintenant, cousin, que nous avons bien
dîné, je vais vous prier de me remplacer dans

un petit travail manuel que je fais tous les samedis au soir.

» La chaussure est fort chère à Paris, cousin, il faut la faire durer le plus long-temps
possible. »

En disant cela, M. Colombat approchait une
chaise, d'une petite table, ou plutôt d'une es-
pèce d'escabeau peu élevé, sur lequel était une
boîte de ferrailles, et il continua :

« Tous les samedis, je mets des clous sous la
pointe et sous la semelle de mes souliers;
comme ma courbature gêne mes mouvements,
vous seriez bien aimable, cousin, de m'arran-
ger cela... » Et voilà le cousin Colombat qui,
sans attendre ma réponse, me place sa chaussure entre les genoux, arme ma main droite
d'un large marteau de cordonnier, et, me ten-
dant les clous à mesure que je les place, m'ex-
horte à frapper fort, et me fait mille compli-
ments sur ma manière d'opérer.

Le soir, en remontant dans la chambre du
septième étage, je pensai que l'hospitalité de
mon cousin n'était qu'une spéculation pour se
procurer les douceurs d'une vie de paresseux,
et, le lendemain, je n'attendis pas qu'il conti-
nuât le cours d'instruction de balayage dans
lequel il jugeait à propos de rester spectateur...

Je fis mon paquet, et je partis à la grâce de Dieu.

Au nombre des amis que je m'étais faits lors de mon arrivée à Paris, j'avais eu à me louer beaucoup d'un jeune homme nommé Adrien de Sénancourt. Dans ma disgrâce j'aurais eu recours à lui, mais il était parti pour la campagne; et le hasard voulut qu'il revînt justement, et que je le rencontrasse en sortant de chez mon cousin Colombat.

Adrien de Sénancourt avait quelques années de plus que moi. Ses manières étaient élégantes. Il occupait un emploi secondaire dans les bureaux du prévôt des marchands de Paris, il était bien vu de ses chefs et semblait peu inquiet sur son avenir.

Je fis part à Adrien de ma position. Adrien m'offrit un asile dans sa modeste demeure; mais du moins là, nous vécûmes en frères : et quand je ramenais ma pensée sur l'hospitalité de mon cousin Colombat, je savais mieux encore apprécier ce que le dévouement de mon nouvel hôte semblait avoir de loyal et de désintéressé.

Pendant quelques mois je cherchai à me rendre utile à Adrien en faisant pour lui, à domicile, le travail qu'il avait le privilége d'emporter du bureau. Je prenais à cœur d'avancer les écritures le plus possible ; j'espérais que mon exactitude pourrait profiter à Adrien, dont l'écriture ressemblait beaucoup à la mienne.

Adrien m'avait donné des instructions utiles pour arriver à obtenir un emploi près de lui. Il fit agir même quelques-uns de ses parents et de ses protecteurs ; et enfin, par son influence, je mis le pied sur le premier degré de l'échelle administrative. J'obtins une place de commis sans appointements ; mais Adrien m'assura qu'il userait de la bienveillance qu'on lui portait pour me faire arriver rapidement à l'avancement. Ma pauvreté ne me permettait pas de croire cette affection intéressée !... J'ignorais encore qu'il y a des spéculations sur l'intelligence, sur le travail des autres, qu'on peut exploiter, comme il y en a sur leur bourse qu'on vide par l'emprunt ou le vol.

Pendant les premiers mois de mon apprentissage dans la carrière administrative , j'étais surchargé de travail ; j'attribuais les occupations qu'on m'imposait à l'intérêt que me portaient mes chefs, et je ne faisais pas une remarque : c'est qu'Adrien restait presque toujours les bras croisés. Je m'aperçus enfin que mon ami, sous le prétexte de m'initier au travail du bureau, me donnait toute sa besogne à faire.

Quand arrivait la fin du mois, époque à laquelle les commis aux appointements allaient à

a caisse, Adrien de Sénancourt recevait presque
toujours une gratification, et une mention hono-
rable attestait le contentement de ses chefs.

Un soir que, rentré dans la petite chambre
que je tenais de l'hospitalité de mon ami, je
réfléchissais sur l'inégalité dans la distribution
du travail au bureau, j'arrivai de là à faire
quelques observations sur l'organisation de l'administration, sur la confusion qui existait dans
le travail, dont toutes les parties étaient con-
fondues : c'était un vrai chaos que l'intelligence
du chef parvenait avec peine à débrouiller. Je

pensai qu'il serait utile de créer un nouvel emploi dont le but serait de faire une répartition mieux comprise des travaux ; par ce moyen on arrivait à accélérer l'expédition des affaires. Il suffisait donc de nommer un commis qui connût les capacités de chacun, afin qu'il distribuât à chaque employé la part de labeur qu'il était apte à mieux faire.

Je fis part de mes réflexions à Adrien de Sénancourt. Il trouva le projet très-louable, me parla du contentement que devait en ressentir le chef de l'administration, et il m'engagea à ne pas perdre de temps et à rédiger un mémoire pour exposer ma pensée.

La nuit qui suivit fut consacrée à cette rédaction, qui de temps en temps était troublée, je dois le dire, par mes châteaux en Espagne ; je me représentais la satisfaction que le prévôt des marchands devait éprouver à la présentation de mon œuvre. Dans sa reconnaissance je le voyais me combler de ses faveurs.

Il me disait : — Jean Rivoire, vous venez de rendre à l'administration un grand service, je veux vous récompenser.

D'abord vous êtes, à partir de ce moment, nommé à l'emploi nouveau dont vous avez démontré la nécessité.

— Je ne mérite pas cette faveur, monsieur le prévôt des marchands! disais-je.

Et le prévôt des marchands, me frappant amicalement sur la joue, continuait :

— Jean Rivoire, vous n'êtes pas riche, mon jeune ami, et votre position de surnuméraire a dû alléger la petite bourse que les mamans des surnuméraires ont coutume de remplir de leurs économies.

— Ah, monsieur le prévôt des marchands! je vous avouerai que je n'ai pas peur des coupeurs de bourses et que je passerais sans crainte aucune dans la redoutable forêt de Bondy.

Le prévôt des marchands se prenait à rire, et, se plaçant devant un bureau chargé de papiers, il tirait d'un petit coffre un rouleau assez lourd qu'il me mettait dans la main en disant :
— Voici de quoi te faire craindre le passage de la forêt de Bondy.

Et il me faisait signe de me retirer.

A peine sorti, je déchirais l'enveloppe qui couvrait le présent et je comptais vingt pièces d'or de vingt-quatre livres chacune à l'effigie du roi Louis XVI.

Et puis j'entrais avec fierté dans le bureau où la veille j'étais surnuméraire, et j'apprenais à mes camarades la bonne fortune qui venait de m'arriver. Chacun me félicitait...

Mais, hélas! l'audience du prévôt des marchands, ses paroles flatteuses, sa petite tape sur la joue, ma nomination, mon rouleau de pièces d'or au portrait du roi régnant... tout cela était un rêve: et rien ne se réalisa, comme vous allez le voir.

Le petit jour venait de paraître, et mon mémoire était terminé. On frappe à la porte de ma chambre.

C'était Adrien.

— J'ai fini, lui dis-je avec cette expression de joie qu'inspire le contentement de soi-même.

Je lui donnai communication de mon travail. Il l'approuva, sans cependant se montrer aussi enthousiaste que la veille ; il blâma la forme de quelques passages et me dit que le prévôt des marchands était un homme à qui il ne fallait pas dire une idée complétement, afin de lui laisser l'amour-propre de la développer lui-même.

Je proposai à mon ami de recommencer le travail. — J'ai un moyen plus efficace que ton mémoire, me dit-il, je pense qu'il vaudrait mieux développer verbalement le projet.

— Je n'oserai jamais, je me trouverais mal

à l'aise dans la conversation, l'expression me manquerait...

— Je l'ai prévu, me dit Adrien, tu es si timide, mon pauvre Rivoire ! mais j'ai le moyen de tout concilier. Un autre plus hardi portera, si tu veux, la parole en ton nom : et cet autre, qui a des protections pour arriver près du prévôt des marchands, c'est moi...

— Comment ! tu me rendrais ce service, Adrien ?

— Certainement, et je veux être le premier à t'annoncer ta nomination au poste que toi seul dois occuper.

— Donne-moi le mémoire, dit Adrien ; car si l'occasion se présente d'en lire un fragment, je choisirai le plus convenable.

Je remis à mon ami le manuscrit, et j'attendis avec impatience le résultat de ses démarches.

Quelques semaines se passèrent : Adrien m'annonçait comme prochaine sa présentation au prévôt des marchands ; mais chaque jour un nouvel obstacle se présentait. Cependant, un jour je crus remarquer qu'Adrien n'avait plus en moi cette confiance dont il m'avait donné jusque-là des preuves ; je le trouvais réservé. Avant de me répondre quand je l'interrogeais sur le succès probable de ses démarches, il détournait la conversation ou bien il mettait de la lenteur dans ses explications.

Un soir cependant il me reconduisit et me dit : — Rivoire, j'ai quelque chose à t'apprendre et je ne sais comment le faire...

— Le mémoire n'a pas produit l'effet que nous en attendions? dis-je ; eh bien ! j'attendrai une occasion plus favorable.

— Ce n'est pas cela.

— Qu'est-ce donc ?

— Je te le dirai demain... ou plutôt je te l'écrirai avant d'aller au bureau.

Le lendemain j'attendis vainement la lettre d'Adrien. Quand j'arrivai au bureau, je vis un mouvement inaccoutumé : on chuchotait ; Adrien m'aborda d'un air embarrassé et m'apprit que la place dont j'avais provoqué la création venait d'être établie, et que, par un passe-droit dont il ne pouvait se rendre compte, c'était lui-même qui était nommé à l'emploi que j'espérais.

— Tu avais donc vu M. le prévôt des marchands?

— Oui, dit Adrien , mais je ne voulais te le

dire que le jour où j'aurais réussi à te faire nommer.

— Eh bien , Adrien ! puisqu'une injustice devait m'être faite, j'aime mieux quelle le soit à ton profit qu'à celui de tout autre.

Je restai lié avec Adrien malgré cette disgrâce, qui m'attrista quelques jours , et je supportai encore avec courage l'oubli dans lequel on me laissait, en ne m'accordant même pas le dernier des emplois payés qui se trouva libre par le mouvement d'avancement que décida la nomination d'Adrien.

Un nouveau venu occupa le dernier degré du cadre vacant ; et moi, je restai encore surnuméraire...

Au milieu de la fièvre d'ambition qui me brûlait , si j'avais perdu le goût de la vie modeste que j'aurais pu trouver au village , il m'était resté de mes jeunes années les sentiments de piété et la foi religieuse qui me portaient toujours à chercher dans la prière la consolation pour mes chagrins et la force pour la lutte que j'avais à soutenir dans une vie difficile.

L'église que je recherchais de préférence depuis mon arrivée à Paris, était la vieille église Saint-Étienne-du-Mont ; son isolement des

quartiers bruyants, sa forme antique, son demi-
jour qui prend les teintes de ses riches vitraux,
tout appelle le recueillement et repose l'âme.
Un jour j'avais fait près du tombeau de la
Vierge une station plus longue que de coutume; je me retirais, quand j'aperçus sur les
larges dalles de pierre du temple un rosaire
perdu sans doute par quelque pieux visiteur.

Je le ramassai, et, après avoir contemplé cet
objet peut-être confident et espoir de quelque
malheureux, je me disposais à le porter au
donneur d'eau bénite, afin qu'il le rendît à son
propriétaire quand il viendrait le réclamer.

A peine avais-je fait quelques pas, une jeune

fille s'élança vers moi; je prévins sa demande, et je lui tendis le chapelet.

— Oh! merci, monsieur! dit-elle d'une voix attendrie... merci! puis elle rejoignit un vieillard qui l'attendait sous l'orgue; elle revint encore sur ses pas, s'arrêta devant le tronc des pauvres et y jeta son aumône.

Je la regardais, et de loin le vieillard qui accompagnait la jeune fille me fit une inclination de tête et sembla me remercier d'avoir trouvé le rosaire auquel un grand prix paraissait attaché.

Le dimanche qui suivit, je rencontrai de nouveau aux offices la jeune fille et le vieillard.

Je reçus leur salutation et m'inclinai devant eux. En sortant, la jeune fille se pencha vers les pauvres femmes qui tendent la main à la porte de l'église et sollicitent la charité; sa main s'ouvrit pour donner quelques pièces d'argent.

— Merci, mademoiselle Marie! dirent les pauvrent femmes.

Le vieillard avait aussi ajouté son aumône à l'offrande de la jeune fille; car il n'était pas du nombre de ceux qui croient quand on est deux qu'un seul bienfait suffit, et il savait que chaque aumône porte avec elle sa joie ici-bas et sa récompense dans le ciel.

Et les mendiantes qui avaient adressé des actions de grâce à la jeune fille, répétaient en chœur : Merci, monsieur Courbon...

Il y avait dans les traits de ce vieillard un sentiment de bonté si dominant, sa physionomie, quoique sévère, avait une expression d'indulgence si manifeste que je me sentis plusieurs fois porté à entrer en conversation avec lui quand je le rencontrais au sortir de l'église, où souvent il venait seul aux heures où les offices avaient cessé. Il semblait comme moi se complaire dans cette enceinte qui a vu passer sous ses voûtes tant de générations.

Cependant ce n'était pas le besoin de consolation qui conduisait M. Courbon vers le temple de la prière, il avait eu des jours calmes et exempts de secousse ; une partie de sa vie s'était consacrée au professorat. Il avait fait l'éducation de plusieurs fils de famille, et il vivait dans une heureuse médiocrité. Marie, sa fille bien-aimée, donnait à son cœur toute la joie qu'il pouvait désirer. Un seul chagrin avait passé sur cette existence consacrée au bien : M. Courbon avait, jeune encore, perdu sa compagne, la mère de Marie ; mais il s'était résigné à la séparation en chrétien qui croit à une réunion des âmes dans l'avenir.

En cherchant à découvrir tout ce qui avait rapport à la famille Courbon, je connus les motifs qui attachaient Marie au rosaire trouvé à Saint-Étienne-du-Mont. Il y avait là une chronique de famille qu'on m'avait ainsi racontée :

« M. Courbon avait consacré une partie de sa vie au professorat. Ses mœurs patriarcales, sa science profonde et le charme qu'il savait donner à son érudition l'avaient fait rechercher de familles riches. M. Courbon avait fait plusieurs éducations brillantes et entre autres celle du jeune comte de Juvisy.

» Henri de Juvisy, entré dans le monde, avait conservé pour son professeur une affection profonde et, retourné en Suisse, au pied des Alpes, dans sa famille, il n'avait cessé, dans ses lettres, de solliciter M. Courbon de venir visiter, pendant les vacances, les belles vallées de son pays.

» En vain M. Courbon avait-il résisté à la proposition, donnant pour excuse ses habitudes sédentaires et surtout le chagrin de quitter sa compagne et sa fille en bas âge.

» Henri de Juvisy était une de ces organisations enthousiastes qu'aucun obstacle n'arrête ;

d'ailleurs sa fortune lui permettait de réaliser facilement des projets qui dans une condition plus modeste seraient restés sans résultats.

» Il tint bon dans son dessein d'avoir près de lui son professeur ; il lui écrivit qu'il l'envoyait chercher, lui et sa famille, dans une bonne et commode voiture, dans laquelle il arriverait de la rue Saint-Jacques, à Paris, au sommet des Alpes. M. Courbon sourit à la réception de cette lettre, il n'y ajouta pas croyance.

» Mais un matin, quand il vit à sa porte un brillant équipage avec des chevaux de poste, et qu'un intendant expédié par son élève vint se mettre à ses ordres comme guide en voyage ;

» Quand la jeune Marie, qui alors avait huit à neuf ans, étonnée par le luxe de la voiture, s'écria : Mon papa, le roi vient te voir, mets bien vite ta perruque neuve ;

» Le professeur s'exécuta... On fit les malles, et, deux heures après l'arrivée de l'estafette, M. Courbon, sa femme, la petite marie et l'intendant de M. de Juvisy avaient pris la route de la frontière.

. » A peine avait-on passé les premiers relais, une exclamation échappa à madame Courbon : elle venait de porter sa main à son cou et de s'apercevoir qu'elle avait oublié le rosaire qu'elle ne quittait pas depuis le jour où Marie avait reçu le baptême.

» —Tu as oublié quelque chose, mon amie ? dit M. Courbon.

» — Mon rosaire, dit tristement la mère de Marie.

» Et la petite Marie, se tournant rapidement vers l'intendant, s'écria : Il faut que nous allions le chercher...

» L'enfant avait à peine eu le temps de traduire la pensée de sa mère, que déjà les chevaux avaient tourné bride. On était revenu au domicile du professeur, et sa femme avait replacé le rosaire sur son cœur.

» Et les chevaux avaient repris la route.

» On ne peut dépeindre l'accueil que le jeune comte de Juvisy fit à son professeur et à toute sa famille. Il les entoura de soins et de prévenances, et cependant, connaissant l'humeur indépendante de M. Courbon, il ne le gêna en rien dans ses habitudes de vie ou dans ses caprices de promenades.

» M. Courbon fit quelques excursions lointaines dans les Alpes : il se faisait toujours accompagner par de vigoureux montagnards; mais l'enthousiasme pour les beautés de la nature, la contemplation de l'œuvre sublime du Créateur le firent plus d'une fois perdre de vue ses guides.

» Le professeur avait quitté depuis plusieurs jours sa famille, il avait voulu visiter le mont Saint-Bernard et déjà, du haut de cette montagne, où de pieux religieux se sont voués au salut des voyageurs, il avait contemplé le délicieux tableau du soleil se levant sur les vallées sans nombre qui servent de base à cette partie des Alpes.

» M. Courbon avait donné rendez-vous à ses guides près d'une roche où les visiteurs ont coutume de faire leurs prières.

» Les guides arrivèrent les premiers. Ils attendirent long-temps M. Courbon. Quelques heures se passèrent ; les montagnards inquiets retournèrent au couvent des religieux, et on leur dit qu'à peine le soleil levé le voyageur s'était mis en route pour suivre le chemin de l'Oratoire.

» La journée s'écoula..... La nuit vint et M. Courbon ne parut pas au rendez-vous.

» Les guides crurent à un malheur de plus dans un lieu où le pied est toujours près du précipice.

» Les religieux mirent en quête plusieurs de leurs fidèles auxiliaires, ces chiens à l'instinct prodigieux, sauveurs des malheureux qui s'égarent dans ces océans de neige. Suivant l'habitude, on chargea leur corps d'un manteau et on garnit leur collier d'une gourde remplie d'un vin généreux ; afin que le voyageur puisse déjà recevoir un premier secours, avant que les soins de l'homme lui soient donnés.

» M. Courbon s'était en effet égaré dans les neiges. Bientôt il lui avait été impossible de reconnaître sa route. Il avait marché long-temps au hasard, quand il entendit au-dessus de sa tête un bruit effroyable semblable à des roulements continus de tonnerre ; il aperçut de toutes parts des masses de neige se détacher des rocs... se joindre ensemble et bondir sur les versants des rochers... L'avalanche le menaçait... Sa présence d'esprit semble le fuir... Il porte instinctivement la main à sa poche... et il s'évanouit en sentant sous ses doigts rouler un objet de forme ronde...

» Deux jours s'étaient passés depuis le départ de M. Courbon du monastère.

» Un des religieux faisait la ronde habituelle sur les escarpements qui avoisinent la maison hospitalière... Son attention est attirée par les aboiements d'un des chiens de l'hospice.

» Le moine donne un signal et plusieurs de ses frères arrivent.

» — Il y a là un voyageur ou un cadavre, dit-il... et chacun se met à l'œuvre....., les outils mordent la neige et la déplacent.

» Un soupir se fait entendre... Le chien qui l'a entendu le premier prolonge un grognement plaintif.

» Les religieux redoublent d'efforts, et après un travail pénible ils découvrent, dans le creux d'un rocher dont l'avalanche avait masqué l'ouverture, un homme presque sans connaissance... il va rendre le dernier soupir..... en pressant contre ses lèvres les grains d'un rosaire qu'il tient encore à la main...

» Ce voyageur était M. Courbon... Les soins des religieux le rappelèrent bientôt à la vie... et quelques jours après il était rendu aux caresses de sa famille, et il remerciait sa compagne d'avoir glissé dans ses vêtements le rosaire qui lui inspira la pensée de se jeter dans la caverne contre laquelle le poids de l'avalanche fut sans effet. »

On doit comprendre combien la fille de M. Courbon tenait au rosaire auquel s'attachait le souvenir du salut de son père.

Attiré vers Marie, dont la douce voix m'avait quelquefois adressé des paroles bienveillantes, je me disais souvent : Heureux celui qui aura Marie pour partager les traverses de la vie ! heureux qui pourra être initié par cet ange terrestre aux joies de l'aumône et aux mystères des bonnes œuvres qui n'ont pas pour but l'orgueil !

Plus d'une fois il me passa par la pensée de demander à M. Courbon de me donner le nom de fils, mais le courage me manqua. Ma plume, plus hardie que mes lèvres, osa un jour écrire au père de Marie. Je lui faisais l'histoire de ma vie, je lui disais le besoin que mon cœur avait de trouver une famille dans la grande cité où je vivais isolé et comme orphelin, et je lui demandais avec instance de vouloir bien m'admettre, dans son intérieur. Avant d'envoyer cette lettre, je voulus prendre conseil d'un ami; ce fut à Adrien de Sénancourt que je m'adressai : il combattit mon projet, il me dit que M. Courbon ne pouvait accueillir une demande aussi brusque; il prétendit que le père de Marie interpréterait à mon désavantage la franchise de mon sentiment religieux, qu'il verrait dans ma présence à l'église un acte d'hypocrisie dont le but serait mondain... Enfin il crut qu'il fallait au moins ajourner la lettre.

Je suivis l'avis d'Adrien, je me promis d'attendre du temps et des circonstances l'occasion de faire connaître à M. Courbon les sentiments dont j'étais animé.

Deux mois passèrent. — Un matin, Adrien était venu m'annoncer ma nomination à un emploi supérieur à celui que j'occupais depuis quelque temps; je le remerciai, en termes vifs, de l'appui qu'il m'avait donné en cette circonstance et je laissai échapper cette exclamation : Il ne manque plus à mon bonheur que d'être l'époux de Marie !

Je surpris un sourire sur les lèvres d'Adrien, je l'expliquai à mon avantage.

Quand il fut parti j'allais continuer une expédition que je faisais par avance sur le travail du bureau, quand mon attention fut attirée par une lettre qui était à terre ; elle semblait avoir été enlevée de son enveloppe et ne portait pas de suscription. Que devins-je en lisant :

« Monsieur,

» Il n'y a que celui qui a de solides qualités » qui sait apprécier ce qu'il peut y avoir de bon » et d'honnête chez les autres. Je ne me crois » pas capable d'être le maître en morale d'un » jeune homme dont les pensées sont aussi saines » que les vôtres et les principes aussi purs, mais » je puis être son ami malgré la distance de » l'âge ; et si l'accès de ma maison peut avoir, » comme vous le dites, une heureuse influence » sur votre avenir, vous pouvez, Monsieur, vous » y présenter sans façon, et vous y trouverez en » moi plutôt un père qu'un mentor...

» *Signé* COURBON ! »

Cette lettre était sans date.

Que penser de cela... mais évidemment cette lettre était la réponse à la mienne qu'Adrien m'avait empêché d'expédier... Qui l'a ouverte... pourquoi ne m'est-elle pas parvenue ?

Je crus comprendre l'énigme. Adrien aura

fait partir ma lettre... il aura reçu la réponse et l'étourdi aura oublié de me la communiquer ou bien il me réserve une surprise. C'est moi qui la lui ferai. C'était un dimanche, j'étais certain de rencontrer M. Courbon à Saint-Étienne-du-Mont. Il était l'heure de la grand' messe. Je partis avec confiance, sachant gré au fond de l'âme à mon ami d'avoir expédié ma lettre à mon insu : il voulait m'épargner la tristesse dans le cas probable où ma demande eût éprouvé un refus.

Quand j'arrivai, l'office était commencé. Je me tins à une distance convenable de M. Courbon et de Marie. Lorsque la foule se fut écoulée, et que le père de Marie, suivant son habitude, fut sorti le dernier de l'église avec sa fille, je m'approchai, et, enhardi par le sourire encourageant de M. Courbon, je demandai la faveur de l'accompagner à la promenade qu'il était dans l'usage de faire chaque jour de fête au jardin du Luxembourg.

A peine avions-nous fait quelques pas que je ne pus concentrer la joie que j'éprouvais, je remerciai M. Courbon en termes chaleureux de la faveur qu'il avait bien voulu m'accorder et de la lettre paternelle qu'il m'avait écrite.

M. Courbon me regarda comme un homme

qui cherche à saisir le fil d'un discours qu'il ne comprend pas; et le nom d'Adrien de Sénancourt étant venu par hasard à ma bouche, M. Courbon se sentit plus à l'aise et me dit :

— Ah ! vous connaissez M. Adrien de Sénancourt.

— Il est mon meilleur ami, répondis-je.

— C'est un jeune homme d'un haut mérite, continua M. Courbon.

— Oui, monsieur.

— Et qui brille autant par le cœur que par l'esprit.

Je fis un signe affirmatif... et la figure de la fille de M. Courbon se colora d'une teinte de satisfaction. Puisque vous êtes si avancé dans la confiance de M. Adrien de Sénancourt, il ne vous a sans doute pas caché son prochain mariage.

— Adrien se marie, m'écriai-je.

— Avec ma fille, dit en souriant M. Courbon. Il y a à peine trois mois que ce jeune homme est reçu dans ma famille, et ce temps a suffi à Marie et à moi pour apprécier les garanties de bonheur qu'il promet à celle qu'il épousera.

— Sa première lettre, par laquelle il sollicite l'honneur de vous voir, est du mois...

— Du mois de mai, dit Marie.

— Et je lui répondis immédiatement, dit M. Courbon, car son expression de franchise me plut...

J'étais anéanti !

J'en savais plus qu'il n'en fallait pour me faire juger Adrien à sa juste valeur. Il devenait évident pour moi qu'il ne m'avait détourné d'envoyer ma lettre à M. Courbon, que pour en prendre copie et se faire accepter en ma place ; depuis il s'était présenté dans cette famille et il avait obtenu la main de Marie.

A partir de ce jour je rompis avec Adrien, et le mépris que je conçus pour lui me fit renoncer aux espérances d'avancement que mon assiduité au travail semblait enfin me promettre. Je ne pouvais me résoudre à me retrouver en présence de celui qui avait trahi avec tant de perfidie les saints devoirs de l'amitié.

J'avais rencontré, parmi les employés que je fréquentais alors, un homme que chacun recherchait et qui, de commis qu'il était précédemment, avait fini par se faire une position indépendante par ses écrits. Il se nommait Bernard. Il me marquait beaucoup de bienveillance ; souvent il m'avait engagé à secouer le joug des bureaux, et, me reconnaissant quelque qualité dans le style, il m'offrait de me guider dans la carrière qu'il avait embrassée.

A cette époque de grandes commotions se préparaient pour la France. Il y avait dans les esprits une fermentation qui présageait une prochaine tourmente. Les idées d'obéissance dans lesquelles les peuples avaient vieilli commençaient à faire place au désir, jusqu'alors inconnu, de prendre part aux affaires du pays. Une révolution se préparait, des écrivains consacrèrent leur plume à la défense d'opinions diverses. M. Bernard était un des athlètes de la grande lutte : c'était un homme aveuglé par ses passions, que l'exaltation rendait injuste, cruel, vindicatif. Il me prit à l'essai dans les bureaux de son journal, et il me désignait quels étaient les hommes et les choses qu'il fallait attaquer avec la plume sans répit.

Je concevais bien la tâche qui m'était imposée, mais je ne la concevais pas telle que la comprenait mon maître. Je voulais de la franchise dans l'attaque, et si je reconnaissais une qualité brillante dans un de nos adversaires, si j'avais un fait qui l'honorât à signaler, j'aurais voulu le dire ; mais M. Bernard s'y opposait, et avait pour principe que tout ce que peut penser, dire ou faire un ennemi doit être flétri. Il n'y a de vertu, de courage, de probité, disait M. Bernard, que parmi ceux qui pensent comme nous. Je ne me sentis pas la force nécessaire pour penser ni pour agir comme M. Bernard, et je pris en dégoût la profession à laquelle il avait voulu m'initier.

Les écrivains de l'école de M. Bernard s'étaient multipliés, les grandes questions des intérêts généraux commençaient à se discuter au milieu des haines et des rancunes; l'orage grondait sur le beau ciel de la France : la vieille monarchie vit son trône ébranlé; bientôt il tomba au milieu de torrents de sang. (Voir le quatrième volume de l'*Histoire de France* de notre collection.)

Au milieu de la guerre acharnée que les partis se livraient entre eux, chacun craignit pour les personnes chères à son cœur. Alors le souvenir de la chaumière de mon père se réveilla en moi. Il y avait huit ans déjà que j'habitais Paris, et, chaque année, le projet de retourner à la ferme *faire la Noël* n'avait pu s'effectuer. De loin en loin, je recevais des nouvelles de mes vieux parents; ils semblaient timides avec moi : on aurait cru que ma position d'habitant de la grande ville me donnait sur eux une supériorité de rang. Je savais que chaque soir mon vieux père et mes sœurs demandaient au ciel, dans leurs prières, de me ramener au pays. La crainte de voir notre hameau, voisin de riches propriétés seigneuriales, devenir le théâtre de quelque scène de massacre, me décida à reprendre la route de mon village natal.

Je partis à pied pour échapper aux ennuis et aux lenteurs des perquisitions qu'on faisait alors dans toutes les voitures publiques afin de découvrir quelques proscrits, que le langage de la révolution désignait sous le nom d'*aristocrates.*

C'était par une froide matinée d'hiver que je me mis en route; j'étais sorti de Paris par le faubourg Saint-Antoine, et, après avoir passé Vincennes, je suivais le sentier qui mène à l'ancienne Faisanderie, pour de là gagner le bourg de Chelles, et suivre après la route de la Brie. Une voix qui ne m'est pas inconnue frappe mon oreille, et prononce mon nom.

Je m'approche, et je reconnais M. le comte de Beaurepaire sous le costume d'un marinier.

— Notre grand-papa! s'écrient à la fois Charles et Julien.

— Oui, mes jeunes amis, M. le comte de Beaurepaire, votre grand-papa, que la proscription atteignait; il m'apprit que depuis quelques jours il était caché chez un garde du bois de Vincennes, et que là il avait attendu qu'on lui facilitât les moyens de sortir de France. A l'aide d'un costume du peuple et de mesures prises par un ami, il allait regagner la haute Marne, s'embarquer sur le Rhône, et de là il chercherait un asile en Suisse.

« C'est le ciel qui t'envoie, me dit votre grand-père, et il a voulu que je te rencontrasse pour conserver peut-être un jour une partie de mon héritage à mes enfants. On fait une guerre d'extermination aux châteaux, me dit M. de Beaurepaire ; l'incendie porte déjà la destruction partout : je ne sais quel sort est réservé à notre riche habitation, dont ton père a la ferme; mais dis-lui qu'il veille sur le champ que nous avons appelé le champ du Houx, au milieu duquel est le chêne de Bon-Secours, celui où la comtesse de Beaurepaire a placé une statue de la Vierge. Jean Rivoire, nous avons déposé dans le creux de cet arbre beaucoup d'or dont nous n'avons pu nous charger quand il a fallu nous éloigner. Que ton père le prenne, qu'il le fasse fructifier, et, quand l'orage sera passé, si Dieu nous rend à notre patrie, ta famille comptera avec la mienne. »

M. de Beaurepaire m'attira sur son cœur, m'embrassa, et nos larmes se mêlèrent... et bientôt nous nous perdîmes de vue.

Le lendemain de cette rencontre j'étais arrivé chez mon père. Je lui fis connaître les intentions du propriétaire du château.

— Mon fils, me dit-il, aucun péril n'a encore menacé le trésor de M. le comte. Seulement, j'ai agi avec prudence : comme, en ces temps d'aveuglement, on fait non-seulement la guerre aux trônes, aux châteaux, mais encore aux autels, j'ai jugé utile d'enlever du chêne la statue de la bonne Vierge.

Au bout de quelques semaines, tous les biens

des nobles furent vendus. On morcela les grandes propriétés afin d'en rendre l'acquisition plus facile. Personne ne se présenta pour acheter le domaine de votre grand-père. Vainement les agents de la nation engagèrent-ils mon père à faire cette acquisition : il rejetait son refus sur sa pauvreté.

— Citoyen Rivoire, disait-on, tu couperas les bois, et avec cela tu paieras l'habitation.

— Ce serait un meurtre d'abattre de si belles futaies par un motif d'ambition.

— Eh bien ! tu ôteras le plomb et le fer des bâtiments ; tu vendras la pierre, et tout le reste sera bénéfice...

Si j'achetais, ce serait pour conserver et non pour détruire, répondait mon père.

Enfin on lui offrit un long crédit pour le paiement ; et il crut qu'il serait dangereux de refuser.

Il accepta ; et voilà le fermier Pierre Rivoire propriétaire du domaine seigneurial.

Dans l'intervalle qui s'écoula entre la proposition faite à mon père et l'acquisition du domaine de Beaurepaire, le plus grand désordre régnait dans la commune ; les mauvais sujets ne respectaient aucune propriété, sous prétexte qu'il n'y avait plus de propriétaire.

C'est ainsi qu'à l'époque où on avait coutume de faire la Noël, bien que les fêtes religieuses fussent alors abolies, la population ennemie des anciens habitants du château trouva un prétexte à la destruction. Ils se promenèrent la hache et la scie à la main, renversant, abattant les plus beaux arbres qui se présentaient à eux.

Le chêne de la Vierge, qui, depuis l'enlèvement de la statue par mon père, était appelé le *chêne du Houx*, du nom de la pièce de terre dans laquelle il était situé, avait jusqu'alors été respecté. Mais un jour des soldats républicains vinrent camper dans notre village, un grand nombre s'endormit sous les larges rameaux du chêne; puis après il leur passa une idée : ce fut d'incendier l'arbre et de l'entourer en dansant, afin de célébrer par un feu de joie la nouvelle d'une victoire qu'ils venaient de re- cevoir.

Heureusement mon père fut averti à temps par mon frère Michel, qui menait paître ses moutons près du chêne et avait pour consigne de faire toujours attention à cet arbre.

Depuis quelque temps il s'était formé dans nos contrées quelques bandes isolées de campagnards réfractaires, qui refusaient de s'enrôler sous les drapeaux de la république et défendaient les armes à la main la liberté qu'ils comprenaient à leur manière : plus d'une fois ils avaient fait le coup de feu contre les troupes envoyées pour les réduire.

Les soldats qui campaient près du chêne du Houx avaient mission de combattre ces rebelles ; et ils étaient sans cesse sur leur garde, de crainte de surprise. Au moment où toutes les dispositions étaient prises pour mettre le feu au chêne, une forte fusillade se fait entendre... Les soldats de la république sautent sur leurs armes, ils ne doutent pas que les réfractaires attaquent leurs camarades ; ils s'élancent dans la direction des coups de feu... et le chêne de la Vierge est délivré...

Les coups de fusil, l'attaque étaient une ruse

de mon père. Voyant l'arbre en danger, il m'a-
vait envoyé avec mes frères et quelques. amis
dans un ravin voisin de la ferme simuler une
escarmouche afin d'attirer les soldats républicains. Ceux-ci, ne trouvant personne, crurent
que l'ennemi battait en retraite devant eux, et
ils se mirent à sa poursuite.

Quand je revins de cette courte expédition,
mes frères rentrèrent à la ferme et moi je
voulus revoir l'arbre que nous venions si heureusement de préserver. Je m'approchai et je
vis une jeune femme assise sur le tertre de

mousse qui formait sous le chêne un banc na-
turel. Son costume annonçait une femme de la
ville, ses traits accusaient la fatigue et la tristesse... mais ils n'étaient pas tellement altérés

que je ne pusse les reconnaître : c'était la jeune vierge au rosaire... la fille de M. Courbon, la femme d'Adrien de Sénancourt. C'était Marie enfin. Elle me reconnut ; je la questionnai sur la bizarre rencontre qui avait lieu dans un pays où nous ne pouvions pas croire devoir jamais nous retrouver.

Marie crut lire dans mon regard un reproche que je n'avais cependant pas l'intention ni le droit de lui adresser.

— Vous trouverez mal sans doute, monsieur Rivoire, dit-elle, que je ne porte pas les vêtements de deuil qui conviennent à ma position.

A ce mot je regardai Marie avec surprise.

Elle ajouta :

— C'est que, voyez-vous, dans les temps malheureux où nous vivons, il y a même du danger à montrer sa tristesse. Si mes habits disaient la perte que j'ai faite, à chaque pas on me demanderait compte de mes larmes; il faudrait dire qu'Adrien de Sénancourt a été frappé par une balle qui venait du peuple et le peuple trouverait peut-être mauvais de me voir pleurer.

—Ah ! fis-je, M. Adrien de Sénancourt a été une des victimes de la révolution.

— A vous, monsieur Rivoire, qui avez été son ami et qui avez cessé de l'être par un caprice s'il

faut en croire Adrien, qui souvent me l'a ré-
pété ; à vous, je dirai que mon mari a été vic-
time d'un peu d'ambition. Quand la révolution
éclata , il était parvenu à un poste assez brillant dans les bureaux. Au 10 août , quand le
peuple combattit contre les gardes du roi , il y
eut un moment où l'on crut que la milice
royale aurait le dessus. Un chef de la force ar-
mée avait une dépêche importante à faire porter au château, et il chargea du message un
camarade d'Adrien. Celui-ci se préparait à
exécuter les ordres qu'il avait reçus, quand
Adrien détourna adroitement la dépêche; espé-
rant la récompense de son dévouement si la
cour triomphait, il sortit de l'Hôtel-de-Ville par
une porte dérobée et se dirigea vers les Tuileries,
quand il fut frappé du plomb mortel, et bientôt
après expira.

— Ainsi Adrien a fini sa vie comme il l'avait
commencée, comme il l'avait continuée.

— Que voulez-vous dire , monsieur Rivoire?
dit la veuve d'Adrien...

— Ce n'est pas le moment de toucher cette
corde , pauvre Marie ; plus tard , peut-être
vous dirai-je que je vois dans ce triste événe-
ment la marque de la punition du ciel. Mais aujourd'hui apprenez-moi ce que vous faites sur

cette route de traverse, éloignée de toute communication avec les villes.

— Je vais rejoindre mon père, monsieur Rivoire. Il est aveugle depuis deux ans, et un cultivateur des environs, dont la femme a été ma nourrice, n'a pas voulu que le père de Marie tînt ses ressources de la charité publique.

— Mais vous êtes donc ruinés !

— Oui; mon père, après avoir fait l'éducation de plusieurs jeunes seigneurs, était honorablement pensionné par leur famille... Mais les grands seigneurs ont quitté le pays, et la maladie de mon père a bientôt épuisé le reste de nos épargnes.

— Comment se nomme le fermier chez lequel demeure M. Courbon ?

— Jérôme Landret... il demeure à ..

— A La Guérinière, dis-je en sautant de joie.

— Vous le connaissez ?

— C'est le frère de ma mère. Sa ferme est encore à deux bonnes lieues d'ici, vous ne pouvez pas y arriver aujourd'hui... Vous accepterez l'hospitalité jusqu'au point du jour chez mon père, qui est aussi cultivateur et dont la demeure est voisine, et demain matin je vous conduirai moi-même, dans notre carriole, près de votre père et de mon oncle.

— Je le veux bien, monsieur Rivoire, dit la jeune femme. Et elle se leva, s'appuya sur mon bras, et nous nous en retournâmes silencieusement vers la ferme.

Simon Rivoire, mon père, crut à mon arrivée que j'avais recueilli en route quelque infortunée ci-devant (c'est le nom qu'on donnait alors aux nobles) : je vis sur sa figure l'expression de la satisfaction. Je compris la pensée de mon père et je lui dis que pour cette fois nous pouvions offrir l'hospitalité sans avoir à cacher la personne qui la recevrait. J'avais souvent parlé à mon père de Marie et de M. Courbon, et nous fûmes bientôt en pays de connaissance.

Le lendemain, au point du jour, je conduisis Marie près de son père. Je passai la journée près de mon oncle Landret. Je me promenais en donnant le bras au vieux professeur, et je profitai d'un moment d'absence de Marie pour lui faire connaître comment la perfidie d'Adrien de Sénancourt m'avait fait perdre le titre de son époux.

— Vous auriez maintenant, me dit le vieillard, un beau-père aveugle sur les bras.

Je trouvai dans mon cœur quelques paroles pour convaincre le vieillard que j'aurais mis tout l'orgueil de ma vie à soutenir ses derniers jours et à veiller à ses besoins.

— Dieu ne l'a pas voulu, monsieur Rivoire, me dit le père de Marie, maîtrisant à peine son émotion.

Je quittai la ferme, me promettant bien d'y revenir aussi souvent que mes travaux me le permettraient ; car il y avait du labeur à la maison. Moi, j'avais repris mes habitudes d'enfant ; mes bras, qui avaient perdu la pratique des travaux agricoles pendant le séjour à Paris, firent un nouvel apprentissage.

Le père disait tous les matins à mes frères et à moi :

— Enfants ! nous avons déjà travaillé pour payer la nation, qui n'avait pas le droit de vendre cette ferme ; maintenant, travaillons afin d'avoir quelque chose quand nous restituerons ce domaine à ceux qui auront le droit de le réclamer.

Le ciel récompensa nos travaux et il exauça tous les vœux de mon père. Avant de fermer ses yeux à la lumière, il fut assez heureux pour voir les beaux jours briller de nouveau sur la France.

Les tempêtes politiques s'apaisèrent, les nobles qui avaient fui la patrie purent y rentrer sans avoir à craindre pour leur existence ; mais un grand nombre dut se résigner au sacrifice de ses propriétés. Les acquéreurs des biens des proscrits ne furent pas tous d'avis de les restituer, même contre le prix d'acquisition.

Quant à Simon Rivoire ; dès qu'il apprit que M. le comte de Beaurepaire venait de débarquer en France, il craignit qu'il n'arrivât pas assez vite à notre hameau. Mon père me laissa le soin de la ferme, il prit son bâton de voyage, et alla trouver son ancien maître dans une petite ville de Normandie, où il avait pris son domicile provisoire.

Simon Rivoire se fâcha presque contre l'émigré, qui tardait à reprendre sa propriété.

— Monsieur le comte, dit mon père, ne savez-vous donc pas que votre bien est tombé entre les mains des Rivoire ! c'est absolument comme s'il n'avait jamais cessé d'être à vous.

— Nous prendrons des arrangements, Simon, dit le comte à mon père.

— Voici nos arrangements, monsieur le comte. En six ans votre bien a été payé à l'État, qui m'avait fait crédit ; le reste, qui consiste dans les bénéfices que j'ai faits depuis sur vos terres sera, si vous le voulez, ma fortune ; et alors l'État et moi étant contents, comme il faut

que vous le soyez aussi, vous reprendrez la
propriété et vous trouverez tout dans la même
place où vous l'aviez laissé le jour de votre départ ; et le lendemain du jour où vous allez reprendre possession, vous vous réveillerez comme
si vous aviez rêvé que pendant douze ans vos
terres sont restées en jachère. Seulement j'a-
joute encore une condition, dit le vieux fermier,
c'est que vous me prêterez, jusqu'à ma mort,
le fauteuil de cuir qui a quelquefois servi à re-
poser mes membres fatigués... Je suis devenu,
comme vous le voyez, un peu aristocrate.

M. de Beaurepaire, huit jours après cet entretien, avait pris la route de son domaine. Mon
père l'attendait à la grille du château, et lui
remit les clefs en lui disant :

—Monsieur le comte, vous voilà chez vous.

— Dis au moins chez nous, Simon, répondit le comte en embrassant tendrement son fermier.

Le lendemain mon père était de bonne heure au château, et il sommait M. de Beaurepaire de venir faire une petite promenade au chêne de la Vierge.

Le comte se rendit aux vœux de son fermier. La statue de la Vierge avait ce jour-là repris sa place.

Quand vous voudrez, monsieur le comte, nous mettrons la coignée après l'arbre, et nous trouverons le trésor que vous avez placé sous la protection du vieux chêne. -

— Nous le partagerons, dit M. de Beaurepaire.

— Non pas! dit le père. Voici le marché auquel il faut que vous consentiez. Le trésor est à vous ; mais l'arbre, si vous le voulez, sera à moi : j'en ferai des bûches de Noël ; et, à sa place, vous ferez construire une chapelle à la bonne Vierge, qui a veillé sur nous.

Tout ce que voulut mon père fut consenti par le propriétaire du château, mais Simon Rivoire ne vécut pas assez pour voir réaliser tous ses vœux.

Monsieur de Beaurepaire n'oublia pas l'article du traité relatif au grand fauteuil, il le fit apporter dans cette salle de la ferme et Simon Rivoire y rendit le dernier soupir le jour même où la première pierre de la chapelle à la Vierge fut posée.

Le vieux chêne fut abattu ; il donna trente bûches énormes. Trente fêtes de Noël ont épuisé la provision , et cette année il a fallu la renouveler.

Quand nous eûmes rendu les derniers devoirs à notre père , mes frères me demandèrent si le retour de la paix allait changer le cours de mes idées, si j'abandonnerais de nouveau le village pour la ville. Je leur promis de rester avec eux. Je pris en main le gouvernement de la ferme.

Quelques années se passèrent au milieu de ces paisibles travaux. Je faisais souvent des voyages à la ferme de l'oncle Landret. M. Courbon et sa fille me recevaient toujours avec plaisir. Marie avait su par son père la pensée d'union avec elle que jadis j'avais conçue. Je ne lui parlai jamais des torts dont son mari s'était rendu coupable envers moi, mais je lui demandai à devenir son appui dans la vie ; je la conjurai de devenir ma compagne , et bientôt le pasteur du village bénit notre union.

Pendant dix années je fus heureux avec Marie. Elle donna le jour à Michel, à Robert et à Jacques. Dieu rappela l'ange à lui quelques jours après la naissance de Catherine. J'acceptai cette épreuve avec courage. Je trouvai la consolation dans les travaux du laboureur. Ma vie s'écoula paisible parmi mes enfants, que j'élevai dans la crainte du séjour de la ville. C'est un grand malheur pour bien des familles que cet esprit d'ambition qui pousse vers les cités l'homme de la campagne ; il va demander la richesse que la grande ville ne peut donner à tout le monde, et il accepte les vices qu'elle distribue volontiers à chacun. Fasse le ciel que ma vieillesse soit exempte des soucis que mon orgueil a donnés à mon vieux père !

Ici Jean Rivoire s'arrêta... Il tourna tristement les yeux vers Catherine, en lui indiquant la bûche à laquelle il fallait mettre le feu...

Catherine jeta un dernier regard sur la porte, quand tout à coup une voix se fit entendre.

Catherine, Michel, Robert s'écrièrent à la fois : — C'est la voix de Jacques !...

En effet, c'était lui, tout haletant... tout couvert de sueur...—Père, dit-il, je suis arrivé avant qu'on mît le feu à la bûche de Noël... Et il se précipita dans les bras du fermier, qui lui dit avec émotion : — Jacques, pourquoi nous as-tu tant fait attendre ! je croyais que la ferme ne te reverrait jamais.

— Au contraire, j'y reviens pour toujours... Paris est bien beau ; mais j'aime mieux le village où est la tombe de ma pauvre mère !... Père, je serais arrivé plus tôt ; mais ma première visite a été pour elle.

Les *Petits livres de M. le Curé* forment une collection variée d'ouvrages illustrés de charmantes vignettes qui peuvent être mis avec fruit entre les mains de l'enfance et de l'adolescence.

Pour l'*éducation morale*, cette publication offre un grand choix d'historiettes ou contes à la façon du chanoine *Schmid*, inédits, et rédigés par M. l'abbé *de Savigny*, dont les ouvrages d'éducation jouissent d'une popularité méritée.

Pour l'*éducation intellectuelle* : le résumé de l'histoire des peuples anciens et modernes, une série des meilleurs ouvrages classiques, le rudiment des sciences, des arts et de toutes les connaissances usuelles.

Pour l'*éducation religieuse* : l'Histoire de l'Ancien et du Nouveau Testament, l'Imitation de Jésus-Christ, les saints Évangiles et les Beautés de l'histoire du Christianisme, etc.

Pour :

14 *francs* 50 c., on devient propriétaire de 50 petits volumes dont on peut faire soi-même une intelligente répartition.

60 *francs*, un conseil municipal pourra remettre entre les mains du desservant d'une paroisse ou d'un chef d'école communale 200 volumes.

110 *francs*, le chef spirituel d'un diocèse ou l'administrateur d'un département aura 400 volumes à distribuer (deux collections entières formant 200 ouvrages complets).

1000 *francs* (remise de 60 fr.), un conseil-général votera une distribution locale de 4,000 volumes, et chaque école participera à la répartition.

La *Bibliothèque du Presbytère*, publiée avec luxe, est placée sous le patronage du clergé, des autorités municipales, des chefs d'institution et des mères de famille.

Il paraît tous les samedis 1 vol. illustré de 10 à 15 gravures. Prix : *trente centimes*.

— Imprimé par Béthune et Plon. —